C000131049

Une histoire courte.
Une histoire simple.
Une histoire pour tous.
Une histoire pour se rappeler ce qui compte
vraiment

I.

Il était une fois, il y a très très longtemps, dans une contrée très très lointaine, une jeune fille qui se nommait Thalia.

Thalia adorait regarder le ciel, observer les nuages, suivre les oiseaux du regard et contempler ce qui l'entouraient.

Elle adorait aussi s'allonger de tout son corps dans l'herbe fraîche et respirer les effluves de la terre.

Le parfum des fleurs, léger, enivrant, stimulant. L'odeur des plantes et des arbres tout autour d'elle.

Un bouquet de pur bonheur.

Parfois, elle pouvait en profiter pour sentir les chatouilles d'un insecte qui escaladait son bras. Ou encore, un papillon qui l'effleurait et se posait sur les fleurs tout près d'elle.

Elle aimait rester là.

Respirer cet air pur qui la propulsait dans ses rêves.

Un nuage avec des oreilles de lapin, puis un autre avec la forme d'une souris. Thalia souriait en contemplant le ciel.

Il lui semblait que le ciel pouvait lui conter toutes les aventures qu'il avait pu observer, et ainsi, lui révéler les secrets de ce monde.

C'était son rêve.

Que le ciel puisse lui transmettre tout ce qu'il avait pu voir pour qu'elle puisse, elle aussi, découvrir tous ces secrets.

Il devait connaître tant de choses. Il était spectateur et acteur à la fois. Le ciel, si puissant, infini, il n'y avait rien qui ne pouvait lui échapper.

Il était omniscient.

Il n'y avait aucun doute.

Elle n'en avait aucun.

Chaque jour, Thalia, venait ici pour s'allonger et ne faire plus qu'un avec la nature qui l'entourait.

Curieuse de pouvoir, un jour, percer tous ces secrets.

Quels secrets ?

Tous.

Thalia avait soif de connaissance et rêvait que la nature puisse se confier à elle.

Et chaque jour, quand le soleil commençait à décliner, elle devait se redresser, sortir tout doucement de ses rêves, et dire au revoir.

A chaque fois, Thalia regardait le ciel, puis balayait du regard la vallée, en terminant en direction de la forêt jusqu'à caresser du regard l'horizon.
Un paradis sans frontière.

Elle souriait.

Et comme chaque jour, elle devait reprendre le chemin du village.

Elle ne se rappelait pas vraiment quand elle avait commencé à venir ici, et faire ses allers-retours quotidiens.

Cela faisait plusieurs saisons. C'était certain.

Elle se rappelait la joie de voir les changements de couleurs tout autour d'elle. Les feuilles des arbres devenir jaunes, oranges, parfois même rouges.
Une farandole de couleurs qui l'enchantait et lui donnait envie de danser avec le levant.

Puis.

Progressivement venait le temps où les feuilles tombaient sur le sol. Les arbres déshabillaient un peu plus de jour en jour pour se dresser dans leur plus simple apparat, timides et fiers à la fois.

Elle pouvait alors s'allonger sur le lit qui lui était offert, où se mêlait l'odeur des feuilles et de la terre. Le doux bruissement des feuilles créait une joyeuse symphonie qui accompagnait la danse du mistral.

Elle souriait.

Elle aimait se remémorer ses moments où elle était en parfaite harmonie avec la nature.

L'automne était sur le point de se terminer, elle savait qu'elle ne reverrait plus ses paysages avant quelques temps.

Pour conserver chaque instant dans son esprit elle aimait les revivre, encore et encore.

Ses souvenirs étaient si forts qu'elle pouvait tout ressentir, comme si elle y était encore.

A la fin de chacune de ses escapades elle se replongeait dans ses souvenirs et revivait sa journée.

Installée, confortable, comme enlacée par la nature, elle aimait observer le ciel à travers les branches dénudées des arbres.

Elle aimait tellement lorsque la nature changeait de vêtements. Elle trouvait cela

presque drôle, et souriait face à ce nouveau costume.
Cette timidité qu'elle percevait juste avant que la nature ne décide de s'endormir dans le froid de l'hiver.
C'était touchant, fragile, et en même temps tellement fort.

Qui ose vraiment se mettre à nu et tout changer?
L'hiver allait débuter, une nouvelle saison, un nouveau visage.

Un acte de plus dans la pièce que lui jouait la nature.

Puis, arrivera le printemps, la nature, les insectes et tous les animaux commenceront à courir et s'agiter.

Et tous ensemble ils recommenceront à danser…

Jusqu'à ce que l'automne arrive, encore.
Et que tout recommence.

Encore...

Elle aimait le rôle que la nature jouait à chaque saison. Elle se sentait telle une spectatrice et admirait à chaque instant toutes les facettes qu'elle pouvait voir.

Il n'y avait jamais aucune parole, elle observait, elle admirait, elle contemplait.

Silencieuse.

Elle écoutait les arbres et le vent qui jouaient ensemble et elle savourait les senteurs qui l'entouraient.

C'était son paradis, sa bulle, son espace rien qu'à elle. Elle ne disait à personne ce qu'elle faisait, ni où elle allait.

Enfin, elle ne le disait plus.

Ses frères jumeaux, bien que plus jeunes, se moquaient d'elle bien trop souvent.

C'était son jardin secret.

Quelle expression bien choisie.

Mais chaque jour, elle se résignait à rentrer chez elle et à laisser derrière elle, sa bulle, son paradis.

Mais son esprit ne partait jamais réellement, il restait là-bas. Une partie d'elle était toujours allongée sous les arbres en parfaite symbiose avec la nature.

II.

Elle habitait à la sortie du village, non loin de ce monde qui n'était qu'à elle.

Elle vivait dans une vieille maison, avec ses grands-parents, ses parents et ses deux frères jumeaux.

Son père travaillait dur pour faire vivre toute la maisonnée. Il partait le matin, très tôt, et rentrait le soir, très tard. Il n'était jamais là quand elle partait de la maison pour s'évader dans les prés et les champs à la sortie du village.

Ses grands-parents étaient trop âgés pour travailler ou même pour aider dans les tâches quotidiennes. C'est donc sa mère qui devait assurer l'entretien de la maison, des deux jeunes jumeaux et des grands-parents.

Thalia quand a elle était en âge d'aider et même bientôt de pouvoir travailler, mais ses parents souhaitaient qu'elle se concentre sur ses études, pour qu'elle ait une chance de réussir à l'école.

Malheureusement, Thalia n'était pas très studieuse. Elle prétendait partir étudier, dehors, ou bien elle annonçait qu'elle partait lire et travailler, dans sa chambre. En vain.

Ses yeux ne pouvaient fixer durablement que le ciel et les arbres.

Les mois passaient et ses parents ne voyaient pas d'amélioration. Les seuls sujets de conversations qu'elle avait traité du rythme des saisons, du chant des oiseaux et des rumeurs que les arbres faisaient courir. Elle se plaisait aussi à déployer toute sa connaissance sur les vents qui soufflaient dans la région, elle épuisait tout le monde...

Lorsque ce n'était pas le levant, c'était le grec, puis le sirocco, ou encore le marin, la tramontane ou le mistral.

Personne ne s'intéressait à ces noms loufoques, ni ne prêtaient attention.

Thalia avait l'habitude de cette négligence et elle parlait, avant tout, par plaisir, et non pour une audience qui pourrait la flatter.

Ses parents et grands-parents étaient de plus en plus désespérés par son manque de sérieux à l'école, et son manque de contenance en public. Elle n'avait aucune retenue quand il lui venait l'envie de parler des éléments de la nature. Rien ne pouvait la freiner dans son élan, elle était animée d'une flamme si vive.

Elle était tel un feu grégeois.

Ses frères jumeaux, eux, disaient qu'elle était folle et se moquait d'elle dès qu'ils en avaient l'occasion. Ils s'amusaient à la bousculer et lui tirer les cheveux. Lorsqu'elle perdait patience, ils lui disaient que rien ne s'était passé et qu'elle avait encore rêvé, qu'elle était sans doute folle.

Thalia s'habituait peu à peu à ces mesquineries et apprenait à ne plus être blessée par leur méchanceté.

Ils étaient jeunes et puérils.

Peut-être qu'avec l'âge ils deviendraient plus fins, raffinés, sagaces.

Peut-être …

Le temps s'écoulait, la nature se transformait, la vie était enchantée, la magie des saisons donnait toute la beauté au monde.

Les gens, eux, ne changeaient pas. Comme s'ils luttaient pour que rien ne change et que tout soit constant, identique, triste.
Puis.

Comme il se devait, l'hiver arriva. Et la nature se vêtit d'un splendide manteau blanc.

Thalia, comme au début de chaque nouvelle saison, était pleine de joie. Elle s'extasiait à voir tous ces changements.

Les flocons de neige qui s'amoncelaient pour dévoiler ces nouvelles formes et ces nouveaux faciès.

Un pur bonheur.

La neige était délicate, froide, sensible. Si blanche, si pure et si fragile à la fois.

Les habitants du village, les animaux, tout le monde cherchait à se protéger du froid et à se blottir bien au chaud et à l'abri.

Thalia, au contraire, aimait parcourir ce nouveau paysage, elle se sentait encore plus libre. L'air était froid, le vent piquant, ses yeux se remplissaient de larmes, mais elle souriait.

Elle souriait toujours.

III.

Jusqu'au jour où lorsqu'elle rentra de son excursion quotidienne elle découvrit une atmosphère sombre et pesante.

Sa famille était réunie dans le salon.

Leurs visages étaient sérieux, tristes.

Quelque chose de grave venait d'arriver. Thalia sentit son ventre se tordre brusquement. Sans doute ce fameux sixième sens qui lui annonçait que quelque chose de grave venait de se passer.

Elle approcha lentement.

Le regard interrogateur, elle cherchait à lire sur les visages de ses proches ce qui n'allait pas.

Même ces monstres de frères avaient le regard triste, et ne semblaient pas vouloir lui jouer de mauvais tours.

Puis.

Elle remarqua que son père était allongé, alors que tout le monde se tenait debout. Elle ouvrit la bouche, mais elle put émettre aucun son.
Son regard se posa sur la jambe de son père.

Sa mère approcha sa main de son épaule et lui glissa la main dans le dos, pour la réconforter.

Puis, sa mère prit la parole et s'adressa à toute la famille.

Il fallait trouver une solution pour trouver de l'argent. Autrement, ils ne pourraient pas passer l'hiver.

La jambe du père de Thalia ne serait guérie que dans plusieurs semaines, et il lui faudrait encore du temps avant de pouvoir recommencer à marcher et à travailler.

En quelques instants, un bouleversement venait de se produire.

Tel un tremblement de terre qui renverse tout ce qui est, et ne laisse que des débris. Ils comprenaient tous que cela annonçait des jours pénibles et douloureux.

Les deux jeunes garçons comprirent alors qu'ils allaient devoir grandir plus vite, et trouver des solutions.

Thalia, elle, était préoccupée par leurs réactions.
Elle n'était pas matérialiste et ne se rendait pas compte de la valeur des choses. Même si elle n'arrivait pas à donner du sens à tout ce qui se passait. Elle commençait à distinguer des difficultés grandissantes qui pourraient limiter son accès à son petit coin de paradis.

Elle fixa tour à tour chaque membre de sa famille.

Puis, elle se pinça les lèvres ne trouvant ni le mot juste, ni le sourire qui puisse réchauffer leurs cœurs.

Son père se racla la gorge.

Et, déclara que chacun et chacune devait réunir tous les biens de valeurs qui étaient à leur disposition. Ainsi la famille pourrait les vendre ou les échanger.

Ensuite.

Seulement ensuite, la famille aura une chance de passer l'hiver.

Son regard était fuyant, il n'était pas certain que cela pourrait suffir.

Il avait peur.
Toute la famille avait peur.

Chacun s'attela à sa tâche.

Environ une heure plus tard, tout le monde déposa ses trésors sur la table.

Les grands-parents et la mère de Thalia avaient recueilli l'ensemble de leurs bijoux, y compris leurs alliances ainsi que la porcelaine.

Les jeunes frères avaient amené leurs jouets, ceux qui étaient encore en bon état, ainsi que leurs nouvelles chaussures, presque neuves.

Thalia revenait de sa chambre.

Elle avait retrouvé le sourire.

Elle tenait dans ses mains ce qu'elle avait de plus précieux, et même si elle ne comprenait pas tous les problèmes des adultes, elle était convaincue que cela pourrait aussi leur redonner le sourire.

Elle se sentait à nouveau sereine.

Confiante.

Elle tendit sa plante, toute fleurie, à son père, et leva le regard vers son père.

Elle sourit.

Ses yeux brillaient de fierté, ses pommettes étaient rosées par l'émotion.

Son père prit la plante.

Quelques minutes de silence s'écoulèrent.

Puis.

D'un geste brusque, il jeta la plante à travers la pièce et foudroya sa fille du regard.

Thalia, confuse, recula d'un pas et commença à trembler.

Rien de tout cela n'avait de sens à ses yeux.

Pourquoi son père devenait-il ainsi ? Elle ne l'avait jamais vu crier, ou même faire preuve de violence.

Les larmes glissaient sur ses joues.

Elle restait stoïque face à lui.

Son père releva la tête en direction de Thalia, et il lui indiqua que si elle ne voulait pas faire d'effort pour aider la famille et qu'elle souhaitait continuer à rêvasser continuellement alors il devrait la marier.

Et si quelqu'un voulait bien d'elle alors il pourrait être débarrassé d'une bouche en trop !

Les mots de son père résonnèrent dans sa tête, tel un écho douloureux.

Elle avait la sensation d'avoir pris un coup.

Sa vue était brouillée.

Elle ne voyait plus vraiment les visages de ses proches, ses larmes étaient en train de déborder.

Ses grands-parents et sa mère avaient la tête baissée, aucun d'eux ne prit sa défense.

Elle se sentait seule.
Elle se sentait tombée, sans pouvoir s'agripper à quoi que ce soit.

Sans comprendre pourquoi une telle chute.

Sans comprendre pourquoi une telle violence.

Son cœur se souleva.

Son estomac semblait lui aussi être en chute libre.

Elle pût réunir le peu de forces qu'elle avait encore et partir en courant dans sa chambre. Le dernière chose qu'elle pu entendre fut les rires moqueurs de ses frères lorsqu'elle ferma la porte.

Elle pleura longtemps, très longtemps.

Seule.

Seule sur son lit, elle se sentait seule et elle était seule.

La nuit était noire.

Elle fixa le ciel comme ci celui-ci pouvait lui donner des réponses.

Elle resta quelques instants, les yeux plongés dans cet océan sombre, voilé par les nuages.

Puis.

Elle se redressa. Elle prit son sac, son manteau, une écharpe et ses gants.

Elle lança un dernier regard vers le ciel, comme si elle venait de conclure un pacte avec celui-ci.

IV.

Elle quitta silencieusement sa chambre, puis la maison.

Et.

Dans l'obscurité et la froideur de cette nuit d'hiver, elle prit la direction de son petit paradis.

La nuit était très sombre, Thalia avançait sans voir exactement où elle allait. Ses pas étaient guidés par son instinct.

Jusqu'au moment où elle put distinguer l'entrée de la forêt.

Avant de pénétrer à l'intérieur, elle s'arrêta un instant, fatiguée, essoufflée, grelottante.

Elle avait froid, son visage était comme figé sous la glace.

Malgré ses gants, elle ne sentait plus le bout de ses doigts. Le gel commençait aussi à s'attaquer à ses pieds qui lui faisaient de plus en plus mal.

Pour autant, même si elle ne savait pas où elle allait, ni comment, elle ne regrettait pas son choix.

Elle savait simplement qu'elle devait continuer à avancer.

Elle franchit ainsi le seuil de la forêt, elle ne voyait presque rien.

Sous ses pas, la neige crissait et des brindilles se brisaient.

Elle ne savait pas où elle allait.

En dépit des arbres elle n'était pas protégée du vent.

Elle avait froid, très froid.

Elle décida de s'arrêter et de s'asseoir sur la souche d'un arbre, à cet endroit-là il y avait moins de vent, c'était plus calme.

Elle entendait au loin quelques bruits qu'elle ne pouvait distinguer.

Elle imaginait que des animaux étaient sans doute là, à l'observer.

Elle souriait.

Il faisait nuit et très froid, elle ne reconnaissait pas tous les bruits, mais elle se sentait en sécurité.

Elle n'avait pas peur.

Puis, l'espace d'un instant elle ferma les yeux, prit une longue inspiration et pensa au printemps et à l'été. Elle se remémorait les couleurs et les doux rayons du soleil. Elle se sentait bercée par le chant des oiseaux qui lui revenait à l'esprit, telle une merveilleuse mélodie.

Elle eut l'impression que cet instant ne durait que quelques secondes elle cherchait à se réchauffer à travers ses souvenirs mais lorsqu'elle ouvrit les yeux elle n'était plus sur cette souche dans la forêt, il ne faisait plus nuit et il ne faisait plus froid.

V.

Elle sentait une douce chaleur, comme enveloppée et protégée par celle-ci.

Elle ne savait pas où elle était.

Elle entendait quelques bruits.

Ce n'étaient plus des animaux, mais elle était tellement épuisée que lorsqu'elle essaya de se retourner elle sombra encore dans le sommeil.

Quelques instants plus tard.

Enfin elle ne savait pas vraiment, peut-être était-ce quelques heures plus tard.

Elle put, enfin, ouvrir les yeux.

Elle était allongée sur un canapé proche d'une cheminée où le feu crépitait. Le doux chant des flammes qui dansaient joyeusement était un délice pour ses sens.

Elle regarda autour d'elle, elle se sentait confuse, égarée.

Qu'était-il arrivé ?

Lorsqu'elle avait fermé les yeux elle était dans la forêt et elle savait que les maisons les plus proches étaient de l'autre côté.

Peut-être avait-elle confondu sa route pendant la nuit ?

Peut-être qu'elle était dans un rêve ?

L'atmosphère qui régnait était apaisante, malgré sa confusion elle se sentait en sécurité. Elle sentait des odeurs qu'elle ne connaissait pas mais ces odeurs la mettaient en appétit.

Elle avait faim, très faim.

Après toutes ces aventures son estomac commençait à crier famine. Elle décidait de se redresser et balayait la pièce du regard.

Il y avait beaucoup de peintures, beaucoup de livres. Il lui semblait que tous les éléments autour d'elle parlait de nature.

C'était simple.

C'était chaleureux, accueillant.

En parcourant la pièce de son regard elle découvrit une silhouette.

Une personne de dos, une femme.

Elle cuisinait.

Sans savoir ni pourquoi ni comment. Elle sentit tout son être se réchauffer encore plus, et elle se sentit bien, apaisée.

Elle continua à scruter chaque détail de la pièce, et elle se sentit bien.

Un sentiment d'entièreté.

Puis la silhouette se retourna.

Il s'agissait d'une vieille dame.

Elle s'adressa à elle et lui expliqua qu'elle l'avait trouvé dans la forêt presque gelée et qu'elle l'avait ramenée chez elle pour l'aider à reprendre des forces.

Malgré les rides sur son visage, cette vieille dame lui paraissait très expressive et dégageait une aura magnifique.

Elle incarnait la bienveillance, une voix douce et rauque à la fois.

Mais elle avait des yeux tellement…

Des yeux d'un gris profond. Une couleur rare.

Des yeux d'une vraie douceur.

Puis.

Soudain.

Son regard devint sérieux.

Elle s'avança près de Thalia, et, doucement, lui expliqua.

Une jeune demoiselle ne devrait jamais se promener seule la nuit dans les bois, cela pourrait être dangereux. La forêt peut-être une amie mais elle peut aussi être hostile et il faut faire attention.

Très attention.

Il y eut un silence.

Quelques minutes.

Thalia, senti une gêne, quelques picotements, son souffle était devenu lourd, ses oreilles devenaient bouillantes.

Elle avait honte.

Elle savait que la vieille dame lui disait la vérité, elle avait toujours su que la forêt pouvait être dangereuse.

Habituellement, elle restait à l'orée du bois.

Son instinct lui disait toujours qu'il était plus raisonnable de rester dans les champs et à la lumière du soleil.

Lorsqu'elle plongeait son regard entre les troncs des arbres, elle ne distinguait ni ciel ni horizon. La forêt lui semblait être tel un océan en pleine nuit.

Thalia ne connaissait pas l'océan, mais elle avait lu des histoires de marins bravant les tempêtes et affrontant les marées.

Et elle imaginait que la forêt et l'océan étaient un peu similaires, et tous deux pouvaient être dangereux.

Par conséquent, elle préférait rester dans la plaine et profiter de la vue que lui offrait la vallée.
Elle ne put trouver les mots pour expliquer, pour justifier sa décision de s'enfoncer dans la forêt au milieu d'une nuit glaciale.

Elle réalisait, alors, qu'elle avait sans doute fait une erreur.

Quelques minutes s'écoulèrent encore.

La vieille dame avait un regard très doux, Thalia ne parvenait pas à deviner quel âge elle avait.

Peut-être même, qu'elle était plus âgée que ses grands-parents.

Il y avait quelque chose de différent.

Puis.

Elles échangèrent un sourire.

La vieille dame était accueillante, et malgré cette légère remontrance, elle l'avait recueillie et lui avait même préparé un bon repas.

Thalia saisit le bol qui lui était tendu. A l'intérieur il y avait un liquide légèrement foncé, chaud, fumant.

Sans doute une soupe.
Ou quelque chose qui ressemblait à une soupe.
C'était doux, légèrement velouté, et très parfumé.

Thalia souriait.

Thalia avait l'impression que ses papilles étaient en train de gambader dans la forêt et de croquer l'écorce des arbres ou grignoter leur mousse.

En tout cas, c'était ce que ses papilles lui disaient.

Cela était bon, aussi bon que de respirer lorsqu'on inspirait profondément après que les feuilles étaient tombées des arbres et que la pluie les eût inondées.

Thalia releva les yeux en direction de cette mystérieuse vieille dame. Elle restait là, sur son fauteuil, elle souriait en lisant un livre.

Thalia, la remercia.

Son regard brillait de mille feux. Elle porta la cuillère à sa bouche et sentit le doux breuvage inonder son corps et réchauffer tout son être.

Thalia ne prononça pas un mot avant de finir son bol.

C'était curieux, mais délicieux, et si différent.

Un pur moment de bonheur.

Intriguée par ce que la vieille dame était en train de lire, elle s'autorisa à la déranger pendant sa lecture, tout en s'excusant bien évidemment.

Et tenta, de grappiller quelques informations.

À ces questions, la vieille dame se leva de son fauteuil et lui tendit le livre qu'elle lisait.

A présent que tu as enfin manger tu es prête à découvrir ce qui est contenu dans ce livre, c'est un vieux livre qui vient de ma famille et que l'on transmet de génération en génération.
Thalia, était flattée, elle se sentait privilégiée.

Elle regarda le fauteuil que la vieille dame lui désignait.

Il était grand, impressionnant, élégant, tout en bois. Il lui semblait puissant, magique peut-être.

Elle se leva doucement, saisit le livre, sourit puis s'installa dans le fauteuil.

Elle dévorait les livres un à un, dès qu'elle finissait elle avait le droit à une soupe, puis à un nouvel ouvrage.
Thalia vivait un paradis sur terre.

Elle était friande de tous ces livres, il y avait tout ce qu'il fallait savoir sur la nature, les saisons, les vents.

Tout.

Elle vivait un rêve éveillé.

Thalia, avait perdu la notion du temps, elle ne savait plus quel jour on était, ni même depuis combien de temps elle était là.

Peu lui importait, elle se sentait bien, sereine, heureuse, comme si tout ce qui avait pu se passer n'avait pas existé et n'avait pas laissé de trace.

VI.

Mais non loin de là, au village, sa famille était morte d'inquiétude.
Quand son père s'était réveillé le lendemain matin après leur dispute, il se sentait coupable, honteux.

Il aimait profondément sa fille, il aimait son côté passionné, naturel, simple et joyeux. Elle était son petit oiseau, comme il l'avait toujours appelé.

Parfois, il lui était arrivé de souhaiter que sa fille soit un peu plus comme les autres, pour s'intégrer davantage, mais il avait toujours trouvé sa singularité, rafraîchissante, telle une oasis dans le désert.

Ainsi, malgré sa jambe brisée, il s'était réveillé tôt pour préparer de l'eau chaude et du miel pour sa fille pour son petit-déjeuner.

Elle adorait le miel.

Mais elle ne sortit pas de sa chambre.

Elle ne répondit pas derrière la porte quand sa mère monta pour l'inviter à prendre le petit-déjeuner.

Après quelques heures sa mère décida d'ouvrir la porte et découvrit qu'elle n'était plus là.

Thalia avait disparu.

Elle était partie.
Ou plutôt, son père l'avait fait fuir.

Quelle horreur.

Le visage de son père se transforma et les larmes coulèrent.

Qu'avait-il fait ?

Où était sa fille ?

Il voulait sauver sa famille et il venait de la détruire, par simple bêtise, par peur.

La peur est un sentiment qui peut nous faire commettre tellement d'erreurs. Il espérait tellement que cette erreur puisse être réparée.

Mais il avait peur.
L'hiver était glacial, et avec sa jambe il ne pouvait pas parcourir lui-même le village ou les alentours pour la retrouver.

Il avait mal au cœur et les larmes continuaient à couler.

Les autres membres de la famille étaient sous le choc.

Personne n'osait rien dire.

La tristesse et la culpabilité du père de famille étaient tellement fortes qu'aucun mot, qu'aucun geste n'aurait pu l'apaiser.

Pendant des jours et des jours, ils interrogèrent les habitants du village pour demander s'il n'avait pas vu Thalia.

Personne ne l'avait vu.

C'était comme si elle s'était évaporée.

Plus les jours passaient, plus la maisonnée était désespérée.

L'hiver était rude, tout le village souffrait du froid et du peu de récoltes. Les conditions de travail étaient dures, les routes étaient verglacées, les champs recouverts de glace, le village ne recevait plus de livraisons depuis près de 3 semaines. Les étagères de l'épicerie se vidaient de jour en jour et les prix augmentaient de manière exponentielle. Les familles les plus démunies avaient faim.

L'hiver semblait s'éterniser, et Thalia était introuvable.

Non loin du village.

Thalia était épanouie.

Elle apprenait tous les jours quelque chose de nouveau. Chaque jour, la vieille dame l'invitait à s'asseoir sur son fauteuil et découvrir une nouvelle œuvre. Il y a avait du texte, des images, des schémas. Elle avait le sentiment de découvrir tous les secrets de la nature.

Pendant qu'elle parcourait chaque page des livres qui lui étaient confiés, la vieille dame était assise à son bureau pour écrire.

Thalia était curieuse mais elle respectait cette vieille dame, par conséquent, elle ne posait aucune question. Elle comprenait que lorsque cela serait le moment, elle aurait des réponses à ses questions.

Depuis qu'elle était dans cette demeure elle avait le sentiment d'avoir grandi.

D'avoir compris ce qui auparavant pouvait lui échapper.
Puis.

Un matin, lorsqu'elle se réveilla.

La vieille dame se tenait près de la porte et lui tendit un panier et un livre.

Thalia comprenait qu'il était temps de partir.

Elle lança un sourire timide.

La vieille dame lui répondit par un beau sourire chaleureux. Elle lui expliqua que son apprentissage était fini, qu'à présent elle était prête à retourner chez elle et utiliser son savoir à bon escient.

La vieille dame lui indiqua qu'elle lui avait préparé quelques gourmandises pour la route.

Le panier regorgeait de bonnes choses : des écorces, des racines, du lichen, des champignons noirs, des pommes de pin, des rameaux d'épicéa, et ce qu'elle préférait par-dessus tout, le cynorhodon.

Thalia était ravie, elle connaissait chaque élément par cœur, elle savait comment les utiliser, quelle recette pouvait les mettre en valeur, tisanes, infusions, soupe ou même salade.

Elle avait découvert toutes ces merveilles dans les livres qu'elle avait lus.

Et à présent elle connaissait toutes les vertus des plantes, fleurs, fruits, arbres ou champignons et surtout, elle se rappelait avoir vu une carte dans l'un des livres et à présent elle savait où les trouver.

C'était merveilleux.

Certains pouvaient se déguster de différentes manières, d'autres ne pouvaient se manger qu'après avoir été séchés puis trempés dans l'eau chaude.

D'autres encore n'étaient pas du tout comestibles.

Et encore d'autres permettaient de se soigner, guérir des petites blessures, des problèmes de sommeil ou d'estomac.

Tout était possible.

La nature pouvait répondre à tous les problèmes.

Elle sentait qu'elle détenait tellement de pouvoir et de savoir à présent.

Elle souriait.

Elle était fière.

Elle avait tellement de gratitude envers cette vieille dame.

La vieille dame, la regarda et lui indiqua qu'il était temps.

Elle devait retourner auprès de sa famille, ils avaient besoin d'elle et elle avait besoin d'eux.

La vieille dame lui expliqua que tout ce qui était dans ce panier était ce dont elle avait besoin.

Mais.

Elle devait promettre de prendre soin de ses secrets et les utiliser avec soin.

Elle lui expliqua que la nature donnait toujours à ceux qui le méritaient, mais qu'il ne fallait ni détruire ni abuser de ce qui était offert.

Si elle suivait ces conseils, alors la nature ne la priverait pas.

Thalia ne cessait de lui dire merci.

La vieille dame sourit et ouvrit la porte.

Thalia franchit le seuil de la maison, elle fit quelques pas.

Il faisait toujours aussi froid, mais maintenant elle avait une flamme qui brûlait au fond d'elle.

Elle voulut se retourner pour dire merci encore une fois, et faire signe à sa nouvelle amie. Mais quand elle se retourna, il y avait un voile de brouillard et elle ne voyait plus la maison.

Elle eut un instant de doute, légèrement confuse.

Puis, elle sourit et prit le chemin du retour. Elle ne savait plus depuis combien de temps elle était partie, le village semblait paralysé par le froid, il n'y a avait aucun bruit, ni aucun mouvement dans les ruelles.

Elle arriva devant la porte de sa maison.

Elle craignait la réaction de son père, elle espérait qu'il pourrait lui pardonner.

Lorsqu'elle franchit le seuil de la maison, il n'y avait aucun bruit.

Elle était surprise à cette heure de la journée, habituellement, tout le monde était déjà debout.
Elle sentit son corps frémir.

Elle s'inquiétait.

Elle avança dans le salon et elle trouva la famille autour de la cheminée, ils étaient tous silencieux, ils semblaient tous déprimés.

Un de ses grands-parents n'arrêtait pas de tousser.

Elle avança un peu plus vers eux, souriante.

D'une voix timide elle les salua.

A ce moment-là son père et sa mère se retournèrent et la joie les submergea.

Elle était enfin là.

Enfin de retour.

Elle était saine et sauve.

Personne ne pouvait y croire, cela faisait déjà deux semaines qu'elle était partie. Et tout le monde pensait que Thalia était morte de froid.

Mais non.

Elle était revenue.
C'était merveilleux.

Toute la famille commença à rire. Elle avait l'air d'être en plein forme, comme si l'hiver l'avait épargné, ses joues étaient roses, elle semblait pleine d'énergie et bien portante.

Un miracle.

Personne ne lui posa une seule question, ils l'embrassèrent encore et encore, comme si chacun d'eux avait besoin de croire ce qu'il voyait.

Elle était là.
Elle était de retour à la maison.

Thalia les regarda.

Elle souriait.

Puis elle leur expliqua qu'elle leur ramenait quelques cadeaux de la forêt et qu'avec ce qu'elle avait appris, la famille n'allait pas mourir de faim et ils pourraient se soigner.

Sans ajouter un mot, elle partit vers la cuisine et commença à préparer de la soupe et quelques infusions pour ses grands-parents.

Une fois que tout fut prêt, elle déposa la soupe et les infusions sur la table.

Le repas était prêt.

Au début, ils hésitaient.

Ils s'interrogeaient sur cette soupe étrange.

Comment Thalia, qui ne faisait jamais rien à la maison, avait pu devenir cuisinière ?

Thalia décida de commencer le repas.

Elle se servit un bol de soupe qu'elle commença à déguster.

Puis, un à un, ils prirent chacun un bol.

Leurs visages s'illuminaient, c'était bon, chaud et gourmand.

Toute la famille se regardait et échangeait un sourire complice.

Thalia leur annonça que maintenant elle connaissait suffisamment la nature pour être en mesure de nourrir et soigner la famille.

Thalia leur demanda de ne pas juger et de lui laisser le temps de leur montrer que la nature était une amie.

La famille acquiesça.

Son père la regarda, les larmes aux yeux.

Il s'excusa et lui dit que rien au monde n'était plus important que sa petite fille. Sa mère lui prit la main et l'embrassa.

Thalia souriait.

Thalia leur demanda pardon à son retour, elle n'aurait jamais dû les quitter comme cela.

Son acte n'était pas responsable, elle avait réagi de manière impulsive.

Elle promit de ne plus jamais les abandonner.

Toute la famille était enfin réunie.

Qu'auraient-ils pu souhaiter de plus beau cadeau que celui-ci pour le réveillon de fin d'année ?

Une nouvelle année était sur le point de commencer et une famille venait de renaître.

VII.

Les jours et les semaines passèrent.

L'hiver était rude et long.

La neige était encore présente.

Dans sa générosité, Thalia décida d'aider les autres habitants du village à se nourrir et à se soigner.

Chaque jour elle allait de maison en maison pour s'enquérir des nouvelles de chacun et savoir si certaines familles ou certaines personnes isolées avaient besoin d'aide.

Au début, les habitants du village la regardaient d'un air étrange.

Ils étaient surpris.

Ils ne croyaient pas à cette folie mais la plupart d'entre eux avaient faim et froid.

Ils acceptaient, sans conviction, l'aide que Thalia leur proposait.

Au bout de quelques semaines, le regard des habitants du village sur Thalia avait changé.

Elle n'était plus cette jeune fille un peu bizarre avec des discussions étranges.

A présent, elle était, la douceur incarnée et le miracle que tout le monde attendait.

Les plus nécessiteux pouvaient à présent se nourrir avec une soupe bien chaude tous les jours.

Les plus malades étaient soignés avec des infusions et des racines.

Le village retrouvait l'espoir.

Et malgré l'hiver et les difficultés, tout le monde avait retrouvé le sourire.

Tout le monde ou presque.

Les marchands du village, propriétaire de l'épicerie centrale, ne souriaient pas.

Cet hiver était pour eux une opportunité.
Ils avaient augmenté tous leurs tarifs et avaient engrangé un bénéfice trois fois supérieur aux années passées.

L'aide que Thalia apportait aux villageois ne servait pas du tout leurs intérêts.

Bien au contraire.

Les clients de l'épicerie se faisait de plus en plus rare, grâce à Thalia ils pouvaient se nourrir différemment et ne plus être dépendant de l'épicerie centrale.

Ce changement était loin de les ravir.

En conséquence, ils commencèrent à faire courir des rumeurs sur les dangers d'utiliser les produits de la nature que Thalia leur apportait.

Chaque personne qui entrait dans l'épicerie entendait de nouvelles histoires sur les dangers des racines et des infusions.

Leurs commérages étaient quotidiens.

Un jour, un veuf, Albert, qui vivait non loin de l'épicerie centrale, tomba malade.

Ce fut une opportunité de plus pour les marchands pour colporter des rumeurs et faire peur aux autres villageois.

Les marchands étaient respectés, cela faisait des années qu'ils travaillaient dans le village.

Et à nouveau, la peur envahit une partie du village.
Certaines personnes commencèrent à se méfier de Thalia.

Seulement une personne eut le courage de parler à Thalia.

Seulement une personne résista à la peur et décida de parler avec Thalia plutôt que de se murer dans le silence.

C'était une forme de courage.

Parler quand tout le monde préfère s'effacer.

Agir plutôt que de rester ensevelie par la peur.

Thalia fut très surprise, non par le courage de cette personne, mais par la rumeur.

Comme toujours, elle ne ressentait aucune colère.

Elle décida de rendre visite à Monsieur Albert, sans oublier de cueillir quelques plantes en bordure de forêt avant de se rendre chez lui.

Une fois devant la demeure de Monsieur Albert, Thalia se sentit un peu stressée.

Il n'y avait aucune raison.

Elle inspira profondément.

Lorsqu'elle franchit la porte elle fut surprise de découvrir que Monsieur Albert n'avait rien d'autre qu'un simple rhume.

Elle lui prépara une tisane et lui conseilla de se reposer. Elle reviendrait dans quelques jours pour prendre de ses nouvelles.

Une fois sorti, Thalia commença à réfléchir.

Elle ne comprenait pas d'où pouvaient venir ces rumeurs.

Avait-elle fait quelque chose de mal ?

Elle ne comprenait pas.

Par conséquent, elle décida d'aller poser directement la question aux marchands de l'épicerie centrale.

Quelques minutes plus tard, elle franchissait le seuil de l'épicerie.

Les deux marchands étaient là, assis derrière le comptoir, en train de compter leur caisse.

Lorsqu'ils la reconnurent, leurs regards devinrent noirs.
Cela faisait longtemps qu'elle n'avait pas vu quelqu'un la regarder ainsi.

Elle fut blessée, heurtée, triste.

Toutefois, Thalia, dans toute sa bonté, était convaincue qu'il s'agissait d'un malentendu.

Tout ce qu'elle avait fait depuis le début de cette année était uniquement pour aider les villageois.

Elle prit une grande inspiration et avança d'un pas vers les marchands.

Thalia commença tout d'abord par s'excuser, elle s'excusa d'avoir pu faire quelque chose de mal sans s'en rendre compte.
Les marchands étaient silencieux et immobiles.

Elle continua.

Elle voulait leur expliquer son histoire, pour qu'ils pussent comprendre et peut être.

Peut être ensuite.

Ils pourraient changer leurs opinions.

Elle expliqua qu'elle avait pu trouver dans la forêt beaucoup de réponses à ses questions, et comme par magie à l'approche du réveillon de fin d'année une vieille dame lui était venue en aide et elle avait pu sauver sa famille de la famine.

Thalia expliqua que sa famille allait mieux et que la jambe de son père était maintenant guérie et c'est pour cela qu'elle avait décidé d'aider les autres villageois

Les marchands la regardèrent puis échangèrent un regard. Un sourire apparut à l'embouchure de leurs bouches.

Ils n'avaient pas d'enfant, ils vivaient ensemble depuis plusieurs années.
Ils se connaissaient très bien et ils ne voulaient pas d'enfant, ils n'aimaient pas les enfants.
Ni une famille.

Ils trouvaient cela fatigant.

Ils aimaient le commerce, l'argent, le confort.

Par conséquent, Thalia elle-même et son histoire ne leur inspiraient aucune compassion.

Plutôt une forme de dégoût.

Toutefois, une lumière traversa leurs regards. Même s'ils n'aimaient pas les enfants, ni la famille, et si pour eux tout ce que Thalia racontait était insipide et mièvre.

Ils excellaient quand il s'agissait de faire des affaires.

Et, attentifs.

Ils proposèrent une chaise à Thalia afin qu'elle puisse expliquer chaque détail de son aventure dans la forêt.

Thalia passa le reste de la journée à expliquer ce qu'elle avait appris.

En détail.
Les marchands se montrèrent curieux, très curieux et posèrent beaucoup de questions.

Thalia était ravie.

Elle avait le sentiment d'avoir pu les convaincre.

Elle était convaincue qu'en partageant son savoir et ses découvertes tout le monde pourrait en profiter et tout le village en bénéficierait.

Elle leur expliqua comment faire des soupes et des infusions pour se guérir et aussi comment préparer des salades avec des éléments simples qui se trouvaient en bordure de forêt. Mais aussi, comment donner plus de goût à une confiture, comment préparer une soupe bien consistante en plein hiver.

Elle leur donna le secret de beaucoup de ses recettes.

Des recettes qui lui avaient été confiées par la vieille dame.

Elle poursuivit son récit et leur expliqua où trouver tous les ingrédients, dans les prés, la vallée, le bois.

Les marchands se délectaient des informations qu'elle leur donnait.

Ils souriaient.

Elle souriait en retour.

Lorsqu'elle quitta l'épicerie centrale à la tombée de la nuit, elle était convaincue qu'elle avait su leur montrer à quel point la nature avait des avantages et pouvait être une amie et non une ennemie.

Elle était ravie de leur curiosité.

Elle avait pu tout leur partager, c'était un merveilleux sentiment que de transmettre un savoir.

Surtout quand celui-ci pouvait faire tellement de bien.

Et elle avait raison.

Enfin en quelque sorte.

VIII.

Une fois Thalia sortit de l'épicerie centrale, les marchands se regardèrent et décidèrent de lever un verre à leur futur.

En effet, Thalia avait pu les convaincre.

Les marchands voyaient à présent tous les bénéfices que la nature pouvait leur apporter. Mais, Thalia allait découvrir que tout le monde ne percevait pas le monde à travers le même prisme.

Les jours passèrent, l'hiver semblait être bien installé, mais le soleil commençait à vouloir s'imposer.

Il semblait à Thalia que le soleil et la neige étaient en train de débattre pour savoir quand ils pourraient changer les rôles.

C'était drôle.

Elle imaginait leur discussion et les arguments de leur débat.
L'hiver avait du mal à quitter la scène, il voulait garder le premier rôle.

Mais le soleil devenait de plus en plus présent, et essayait de pousser l'hiver hors de la scène.

Jour après jour la température extérieure commençait à se réchauffer, les rayons du soleil étaient de plus en plus chaud.

Et la neige disparaissait peu à peu.

Le soleil était en train de gagner cette joute.

Le printemps était en train de pointer le bout de son nez.

C'était merveilleux.

Thalia se délectait de ces changements de températures et de décors.

Un matin, la neige avait presque totalement disparu, le soleil avait une chaleur délicate et les oiseaux commençaient à chanter, à nouveau.

Elle se dirigea vers la forêt, mais plus elle s'approchait, plus elle entendait du bruit.

Beaucoup de bruit.

Elle ne comprenait pas pourquoi, ni comment il pouvait y avoir autant de bruits.

Habituellement, et aussi loin qu'elle se rappelait, l'endroit avait toujours été très calme.

Plus elle s'approchait, plus elle sentait la poussière envahir l'atmosphère.

Puis.

Tout d'un coup.

Elle s'arrêta.

Son cœur tapait fort, ses joues la brûlaient, son estomac se tordait.

Ses mains étaient crispées.

Elle leva les yeux au ciel, puis agita son regard tout autour d'elle.

Elle sentit un vent de panique la saisir.

Ce qui apparût sous ses yeux était une horreur.

Il y avait des gens.

Il y avait aussi des machines.
Du bruit.

Des arbres tombés.

De la poussière épaisse.

Le sol était retourné.

Son paradis venait d'être profané.

Elle sentit son souffle devenir de plus en plus court.

Les larmes envahirent ses yeux.

Son corps, son esprit, son âme furent pris dans un tourbillon de vertige.

Elle n'osa plus bouger.

Elle resta ainsi, pétrifiée par l'effroi pendant quelques minutes, quelques dizaines de minutes.

Puis.

Elle eut un frisson, le soleil venait de se cacher derrière les nuages, la température était encore basse.

Elle fixait son paradis, qui maintenant ressemblait à un champ de bataille, ou en tout cas, à l'idée qu'elle s'en faisait.

Son horreur fut encore plus grande, lorsqu'elle vit que les personnes qui dirigeaient ce massacre n'étaient autres que les marchands de l'épicerie centrale.

Elle s'effondra et tomba à genoux.

Qu'avait-elle fait ?

Comment avait-elle pu se tromper à ce point ?

Pourquoi étaient-ils en train de tout détruire ?

Son cœur lui faisait mal, elle avait mal dans tout son être.

Chaque souffle lui faisait mal.

Elle avait mal.

Elle avait honte.

C'était sa faute.

Elle se leva et commença à courir.

Elle pleurait.

Elle courait.

Puis.

Proche de la fontaine, elle aperçut une silhouette qu'elle connaissait.

C'était la vieille dame de la forêt.

Elle fut si heureuse qu'elle se précipita.

Thalia était convaincue qu'elle pourrait l'aider et qu'elle aurait les solutions.

Mais, la vieille dame n'avait aucun sourire. Sa voix était sévère.
Son regard était sombre.

Thalia lisait de la déception dans ses yeux gris.

Thalia tomba à ses pieds et lui demanda pardon.

La vieille dame lui dit que ce n'était pas le temps pour le pardon.

Thalia avait reçu des cadeaux précieux et avait pour mission de les protéger. Mais elle avait failli.

La nature est fragile et doit être protégée.

Thalia tenta d'ouvrir la bouche pour s'expliquer. Mais la vieille dame leva la main dans sa direction pour lui demander de ne rien dire.

Elle poursuivit son discours.

La nature est généreuse et prend soin de tout le monde, à condition, il y a toujours des conditions.

A condition de ne pas détruire.

Les marchands de cette épicerie centrale ont toujours été mesquins et extrêmement cupides. Partager de tels secrets avec ces gens-là n'était pas une sage décision et elle n'aurait jamais dû faire cela.

Thalia s'était montrée naïve et n'avait pas suffisamment réfléchi aux conséquences.

La vieille dame était navrée. Elle crut que Thalia avait grandi après son séjour dans la forêt avec elle.

Mais non.

Thalia était toujours immature dans ses choix.

La vieille dame leva les yeux au ciel, et demanda à Thalia de regarder les nuages qui s'approchaient.

Les nuages étaient noirs, et le vent commençait à souffler de plus en plus fort.

Elle lui désigna l'horizon et lui dit qu'à présent pour rétablir l'équilibre la nature allait devoir corriger ce qui avait été fait.

La nature est douce et généreuse, mais lorsque des personnes mal intentionnées ont décidé de l'attaquer, son visage peut changer.

Et aujourd'hui, la nature allait montrer un autre visage.

Thalia observait le ciel.
La ligne d'horizon lui semblait devenir de plus en floue, brumeuse.

Quelque chose était en train de se produire.

C'était la première fois qu'elle voyait le ciel et l'horizon se vêtir ainsi.

Des larmes coulèrent sur ses joues rouges de honte.

Elle voulait s'expliquer, mais aucun son ne sortait de sa bouche.

Sa gorge était serrée.

La vieille dame lui conseilla de rentrer chez elle et de rester à l'abri.

Ce qui allait se produire était aussi violent que l'agression qui venait d'être commise.

La vieille dame commença à partir en direction de la forêt.

Puis.

Elle se retourna.

Tout le monde ne veut pas être aidé, et tout le monde ne peut pas être aidé de la même manière.

La nature est sensible et il faut en prendre soin.

L'équilibre, tout est une question d'équilibre.

Sur ses derniers mots elle continua sa route, la pluie commençait à tomber et le ciel devenait menaçant.

Thalia décida de courir chez elle.
Lorsqu'elle arriva, elle se précipita pour tout fermer, portes, fenêtres, volets. Elle demanda à sa famille de se réunir tous ensemble dans une même pièce et d'attendre que le ciel se calme.

Cela dura plusieurs heures.

Le ciel se déchirait, la foudre tombait et faisait trembler le sol.

Des trombes d'eau tombaient du ciel et inondaient les rues.

Les vents venaient de toutes parts et faisaient vibrer les maisons et s'effondrer les toits.

Thalia avait peur.

Pas pour elle, mais pour sa famille, pour son village.

Elle voulait bien faire, mais à cause d'elle, maintenant, les choses seraient encore plus compliquées.

Pourquoi tout ne pouvait pas être plus simple ?

Pourquoi avait-elle dit tant de choses aux marchands ?

Elle aurait du simplement leur offrir une soupe comme pour les autres habitants du village. Mais non, elle avait confié tout son savoir aux personnes qui ne voulaient pas faire du bien autour d'elles.

Sa famille avait peur, tout le monde était les uns contre les autres.

Ils tremblaient.

IX.

Une fois le silence revenu, personne n'osait bouger.

Était-ce réellement fini ?

Après un hiver si rude, maintenant la nature se révoltait et détruisait le village.

La famille de Thalia ne comprenait pas comment le sort pouvait s'acharner autant.

Thalia ne prononçait aucun mot.

Elle était murée dans le silence et la honte.

Sans dire quoi que ce soit, elle prit sa veste et décida de quitter la maison.

Elle avait besoin de voir.

Elle devait affronter de ses yeux les dégâts qui avaient été causés à cause de son inconscience.

Elle avançait dans les rues du village lentement, les maisons étaient toutes abîmées et partiellement ou totalement détruites.

Elle poursuivit jusqu'à son paradis, déjà quelques heures avant son paradis n'existait plus, mais avec cette tempête...

Elle avançait prudemment, angoissée par ce qu'elle allait découvrir.

Ses yeux s'écarquillèrent.

C'était encore pire que ce qu'elle avait pu imaginer. Si elle avait pensé que tout était détruit, maintenant c'était encore pire.

La plupart des arbres étaient brisés, les machines étaient renversées, l'eau avait inondé la vallée.

Il n'y avait plus rien, et elle avait le sentiment qu'il n'y aurait plus rien pendant longtemps.

Elle venait de perdre ce qu'elle avait de plus cher.

Son cœur était en train de se briser en petit morceau.

Elle continuait à avancer.
Sans but.
Sans savoir où elle allait.

Elle ne savait même pas quelle énergie pouvait la mouvoir.
Elle se sentait désespérée.

Elle repassait dans son esprit chaque instant, depuis son réveil dans la maison de la forêt, jusqu'au jour où elle avait tout expliqué aux marchands.

Elle avait fait une bêtise.

La vieille dame lui avait dit de prendre soin de son nouveau savoir et elle l'avait répandu sans mesurer les conséquences.

Ses larmes coulaient le long de son visage, mais son visage était tellement bouillant de honte qu'elle ne les sentait même pas.

Elle était là, sans être là.

Errant, sans savoir où elle allait.

Pleurant sans savoir comment elle pourrait soigner ses blessures et réparer ce qu'elle avait fait.

Proche de la rivière, elle entendit une voix.
Surprise, elle chercha du regard d'où cela pouvait venir.

La voix semblait joyeuse, rieuse.

Ce qui était surprenant, tout était détruit, elle n'imaginait pas comment quelqu'un pouvait être si joyeux.

Puis.

Elle aperçut une ouverture dans la roche. La voix venait à elle tel un écho, elle s'approcha un peu plus.

Elle n'avait jamais remarqué auparavant cette petite grotte proche de la rivière.

Intriguée, elle prit une longue respiration et décida de se glisser dans l'embrasure.

Elle ne voyait presque rien, la grotte était sombre et humide.

Plus elle avançait, plus elle entendait cette petite voix.

Quelqu'un chantait.

Quelqu'un était heureux.

Elle entendait aussi le bruit de l'eau.

Elle ne comprenait pas qui pouvait être en train de jouer dans l'eau après la catastrophe qui venait de frapper le village.

Malgré le peu de lumière elle pu distinguer la silhouette puis le visage de cette personne.

Il s'agissait d'un petit garçon, il avait l'air heureux.

Thalia souriait.

Elle ne pensait pas qu'elle serait capable de sourire à nouveau.

La joie que ce jeune garçon diffusait autour lui était magnifique.

Elle lui demanda ce qu'il faisait là, et pourquoi il semblait si heureux.

La voix d'un jeune garçon était claire et douce.

Il souriait.
Il sautait.

Puis.

Il s'arrêta, surpris par sa visiteuse et sa question un peu étrange.

Thalia, un peu gênée par la situation, lui posa, à nouveau, les mêmes questions.

Le jeune garçon commença à rire, et lui dit qu'il était toujours là.

Enfin plus ou moins, en fonction des saisons. Et maintenant avec toute l'eau il allait pouvoir jouer encore et encore.

Il continua à rire et lui jeta de l'eau.

Il riait.

Thalia, était surprise, elle l'interrogea du regard.

Le jeune garçon s'immobilisa et observa Thalia.

Il la détailla du regard pendant plusieurs minutes.

Thalia commençait à être mal à l'aise, mais avant qu'elle eu le temps de dire quelque chose, il reprit la parole.
La Nature, parfois, se fâche un peu.

Comme une mère qui gronde ses enfants et les prive de desserts.

Parfois, elle s'énerve un peu plus.

Mais à chaque fois il y a une raison.

Comme la rivière qui coule, parfois elle est calme et parfois elle est turbulente.

Le jeune garçon recommença à sauter dans l'eau et à rire.

Puis, il se tourna vers Thalia.

La nature n'est pas rancunière, il lui faut juste un peu de temps. Le temps est un remède à toutes les peines.

Par exemple.

Les pierres sur ces parois sont toutes devenues lisses avec le temps.

Au début, elles étaient coupantes et aiguisées.

Elles pouvaient être blessantes.

Puis avec le temps et l'aide de l'eau, elles se sont toutes adoucies.

Et elles ne blessent plus personne.

Le garçon sourit à nouveau et s'approcha de Thalia.

Il lui prit les mains, et lui expliqua que ses blessures lui feraient de moins en moins mal avec le temps, et qu'un jour elle pourrait même se les rappeler sans douleur.

Pour le moment, elle devait laisser le temps faire son œuvre. Et surtout ne pas oublier ce qu'elle avait pu apprendre.

La nature a toujours beaucoup de choses à donner et ne reprend jamais vraiment tout.

Le petit garçon l'entraîna à l'entrée de la grotte. Le soleil avait réapparu et les rayons se reflétaient à la surface de l'eau.

C'était doux, la nature semblait à nouveau calme.

Thalia, laissa son regard glisser sur l'eau, des poissons avaient réapparu, certaines plantes étaient encore debout malgré la tempête.

Thalia avait eu tort, tout n'était pas détruit, il y avait encore de l'espoir.

Elle souriait.

Le jeune garçon lui lâcha la main et retourna sauter dans l'eau.

Thalia le regardait, il y avait quelque chose d'étrange avec ce petit garçon. Il avait une singularité, cette joie, cette voix.

Elle s'apprêtait à lui demander s'il ne voulait pas rentrer chez lui, mais elle eut le sentiment qu'il y était déjà.

Elle lui sourit, et le remercia pour cette leçon, c'était exactement ce dont elle avait besoin.

Le jeune garçon sourit.

Elle était la bienvenue si elle souhaitait revenir, et si encore une fois elle oubliait qu'il fallait garder espoir.

Thalia sourit, elle se sentait apaisée.

Elle sentait que la vie allait reprendre son cours, comme l'eau de cette rivière, sa vie retrouverait son calme.
Il fallait pour cela qu'elle trouve sa place, son équilibre, ni trop, ni pas assez.

Cela semblait compliqué, mais c'était sans doute cela de devenir une adulte.

Elle grandissait.

Et il était temps pour elle de devenir plus responsable.

Fin.

Enfin, peut-être.

Printed in Great Britain
by Amazon